Hannelore Maurer

IRGENDWO UND GAR NICHT WEIT

mit Bildern von Alraune

1. Auflage 2017

Hannelore Maurer, chiara-edition, Immelberg 9, 83101 Rohrdorf
chiara-edition@web.de

Texte: Hannelore Maurer
Bilder: Alraune
Autorenfoto Hannelore Maurer: BATCHFIELD.de
Satz und Layout: **VSW**KOMMUNIKATION, Rosenheim
Druck und Bindung: Himmer GmbH, Augsburg

ISBN 978-3-9819167-0-6

Printed in Germany

Hannelore Maurer

IRGENDWO UND GAR NICHT WEIT

mit Bildern von Alraune

Eine Geschichte, die sich möglicherweise so ereignet hat

Du musst nicht über die Meere reisen,
musst keine Wolken durchstoßen
und nicht die Alpen überqueren.
Der Weg, der dir gezeigt wird, ist nicht weit.
Du musst deinem Gott nur
bis zu dir selbst entgegengehen.
Denn das Wort ist dir nahe.
Es ist in deinem Mund und in deinem Herzen.

Bernhard von Clairvaux

Die Zeiten waren hart für die Hirten. Sie lagerten mit ihren Herden draußen auf den Feldern irgendwo und gar nicht weit. Die Nächte waren kalt, das Einkommen zum Leben zu wenig und zum Sterben zu viel und eine besondere Unruhe war in der Luft zu spüren. Alles, was früher scheinbar richtig war und ihrem geordneten Leben

Sicherheit gab, schien sich aufzulösen und an eine gute Zukunft wagte keiner mehr zu glauben. Man war an einem Punkt angelangt, an dem auch die Weissagungen der alten Propheten ihre Kraft verloren. Ihre Botschaft wurde zwar immer noch gehört, aber die Sprache ihrer Worte erreichte in Wahrheit nicht mehr die Herzen der Menschen.

Nur einer der drei Hirten, die in dieser Nacht bei der Herde Nachtwache hielten, glaubte noch an die Worte des alten Propheten Jesaja. Immer wieder hörte er diese Worte auf dem Boden seines Herzens, ob er es nun wollte oder nicht. Immer wieder fanden sie dort ihren Widerhall und wärmten seine Seele:

„Das Volk, das im Dunkeln lebt, sieht ein helles Licht;
über denen, die im Land der Finsternis wohnen, strahlt ein Licht auf.
Denn uns ist ein Kind geboren, ein Sohn ist uns geschenkt.
Die Herrschaft liegt auf seiner Schulter; man nennt ihn wunderbarer Ratgeber, starker Gott, Vater in Ewigkeit, Fürst des Friedens.
Seine Herrschaft ist groß und der Friede hat kein Ende.“

Plötzlich wusste der Hirte, dass es nur noch zwei Möglichkeiten gab: Aufbrechen und das göttliche Kind suchen, von dem in der Prophezeiung die Rede war oder alle Hoffnungen und Träume aufgeben. Aber diese hatten ihm immer Halt gegeben, weil es ohne Gott doch keine Zukunft gab. Sollte sich auch diese Weissagung als Trugschluss erweisen, dann gab es keine Rettung mehr, von niemandem. Er konnte es nur herausfinden, wenn er es wenigstens versuchte. Doch wo und wie dieses Kind finden?

Nach langem Nachdenken beschloss der Hirte, den Dorfältesten aufzusuchen, der in der großen Stille lebte und schon vielen Fragenden einen weisen Rat geben konnte.

Die beiden anderen Hirten versprachen sich nicht viel von dieser Suche, aber sie wollten ihren Freund nicht allein lassen und ihn auf seinem Weg begleiten. Außerdem hatten auch sie nichts zu verlieren.

Die drei Hirten fanden den weisen Mann auf der Bank vor seiner Hütte. Seine Augen waren mit den Jahren trüb geworden. Nur noch Schatten und grobe Umrisse konnte er unterscheiden und doch schien es, als könnte er mit seinem schwachen Augenlicht mehr sehen als viele andere. Es war, als ob ein inneres Licht ihm etwas zeigen würde, das anderen verborgen blieb. Der alte Mann schien bereits auf die drei Hirten gewartet zu haben und bat sie näher zu kommen und sich zu ihm zu setzen. Als der Hirte ihm erzählte, dass er auf der Suche sei nach dem göttlichen Kind, das nach der Weissagung des Propheten Jesaja auf der Erde geboren werden solle, war der Alte zur Verwunderung der Hirten nicht überrascht: „Viele kommen in diesen Tagen, um nach diesem Kind zu fragen", sagte der weise Mann.

„Und was sagst Du dazu?", entgegnete der Hirte voller Erwartung.

„Wann sagt Jesaja, wird dieses Kind geboren werden?", fragte der Alte nun seinerseits den Hirten.

„Wenn die Zeit erfüllt ist. Und das ist jetzt oder nie mehr", meinte der Hirte.

„Dann geh und suche das Kind", antwortete der Alte. „Wer nicht aufbricht, wird den Weg nicht finden."

„Und wie weit wird dieser Weg sein?“ Diese Frage des Hirten klang nun schon etwas mutlos.
„Wie heißt es weiter bei Jesaja?“, entgegnete der weise Mann ruhig.
„Da heißt es“, ereiferte sich der Hirte, „dass man für den Herrn einen Weg durch die Wüste bahnen soll und in der Steppe eine ebene Straße. Aber die Wüste ist irgendwo hinter den Bergen und unendlich weit!“
Nach einem längeren Schweigen fragte der Weise wieder: „Wie weit ist es, wenn Gott auf die Erde kommt?“
„Diese Entfernung muss unermesslich weit sein“, antworte der Hirte. Aber er hatte verstanden: Nur, wer aufbricht, kann den Weg finden.
Noch lange redeten und schwiegen sie miteinander. Dann dankten die Hirten dem alten Mann und machten sich auf den Weg.

Die drei Hirten waren nun schon eine Zeit unterwegs. Sie folgten der Straße, die hinaus auf die Ebene führte vorbei an der Stadt, die so vielen Menschen Heimat gab. Für einen Besuch blieb dieses Mal aber keine Zeit. Sie wollten ihr Ziel nicht mehr aus den Augen verlieren. Und doch war der vertraute Blick auf die Stadt heute irgendwie neu: Die Umrisse und Lichter der Häuser, in denen die Menschen lebten und im Herzen der Stadt weithin sichtbar der große Turm. Dorthin wollten sie einmal zurückkehren und von dem göttlichen Kind erzählen. Wenn sie es nur finden könnten!

Ihre Schritte wurden bereits müde und doch war da etwas, das sie weiter antrieb. Auch die beiden Hirten, die nur mitgegangen waren, um ihren Freund bei dem Abenteuer seiner seltsamem Suche nicht allein zu lassen, spürten immer mehr, dass diese Entscheidung richtig war. Sie erfasste ein wachsendes Erahnen, dass es im Leben noch ein „Mehr als alles" geben musste: Der Weg, den sie begonnen hatten war ein Anfang, sich aus dem alten Leben mit seiner lähmenden Trägheit und seinen falschen Sicherheiten zu befreien. Am Abend des ersten Tages ihrer Reise

kamen sie vorbei am Wasser und sie erinnerten sich nun an ein Wort aus ihren Heiligen Büchern:
„Der Herr ist mein Hirte und nichts wird uns fehlen.
Er führt uns über grüne Felder zum Ruheplatz am Wasser."
Zum ersten Mal spürten sie: Diese Worte waren nur für sie ganz allein aufgeschrieben! Damit sie die Suche nach den göttlichen Kind nicht aufgeben würden! Wenn sie es nur finden könnten!

Am Morgen brachen sie wieder auf. Der Weg führte von nun an durch die Berge, die mit jedem neuen Tag höher und höher zu werden schienen. Aber im Gehen redeten sie miteinander so viel und tief, wie sie nie zuvor miteinander geredet hatten und im miteinander Schweigen spürten sie zum ersten Mal in ihrem Leben einen Gleichklang ihrer Herzen, was das Ziel ihres unbestimmten Suchens betraf. Die Zeit verlor jegliches Maß und obwohl sie danach nicht Ausschau hielten, fanden sie auf wundersame Weise immer wieder Speise und Unterkunft. Sie spürten eine großen Dankbarkeit für das Gute, das man erfährt, wenn man sich einmal auf den Weg gemacht hat. All diesen Menschen wollten sie auf ihrer Rückkehr vom göttlichen Kind erzählen. Wenn sie es nur finden könnten!

Eines Abends standen sie plötzlich am Rand der Wüste und der Weg war zu Ende. Dunkel und bedrohlich lag vor ihnen nur die Leere. Der Hirte erinnerte sich wieder an die Worte des alten weisen Mannes: „Wenn du nicht aufbrichst und gehst, wirst du das Ziel nicht erreichen. Wenn Du nur in den Fußspuren anderer unterwegs bist, wirst du den Weg nicht finden, der der Deine ist.“ Es gab also keinen anderen Weg, als den durch die Wüste. So gingen sie weiter. Aber weil es dort in der Wüste keine Wege gibt, hatten sie bald die Orientierung verloren.

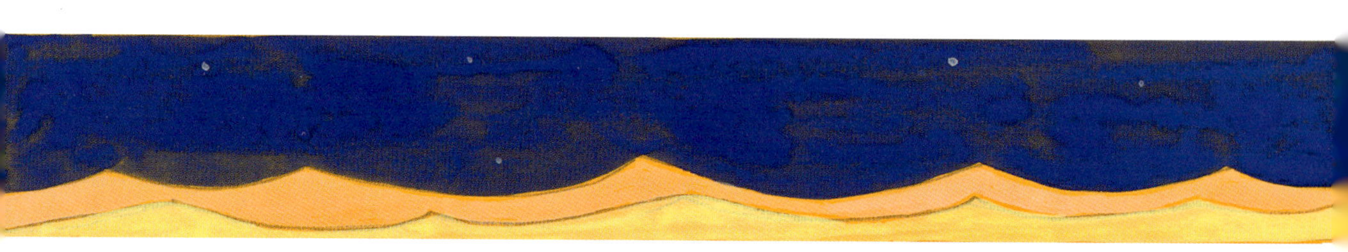

Nur die Sterne am Himmel, deren Bilder ihnen von Jugend auf vertraut waren, gaben ihnen Geleit. Und noch nie war ihr Glanz so leuchtend schön, wie in der Einsamkeit der Wüste.

Sie waren nun schon viele Tage unterwegs. Jedes Zeitgefühl hatten sie längst verloren. Ihre Beine wurden schwer. Sie fühlten sich unendlich müde und zum ersten Mal auf ihrer langen Wanderschaft fand sich bis zum Abend des Tages auch keine Wasserstelle.

Zum ersten Mal waren sie auch uneins über die weitere Richtung und zweifelten an ihrem Vorhaben. Sollte alles umsonst gewesen sein ? Der lange Weg, das lange Suchen und all das, was sie fern in ihrer Heimat zurückgelassen hatten?

Erschöpft legten sich die drei Hirten nieder zum Schlaf. Lange konnten sie in dieser Nacht nicht einschlafen und in der Dunkelheit und Einsamkeit ging jeder seinen eigenen Gedanken nach, ohne die anderen daran teilhaben zu lassen. Zum ersten Mal auf ihrer Reise waren sie einander fremd. Ob sie das göttliche Kind je finden würden?
In dieser Nacht, als sie scheinbar am Endpunkt ihrer Reise und ihrer Suche nach dem göttlichen Kind und damit auch nach einem neuen Sinn für ihr armseliges Leben angekommen waren, hatte der Hirte einen Traum. Er sah einen Stern, der heller war als alle Sterne, die sie auf ihrem langen Weg durch die Wüste gesehen hatten.
Er stand über den Hirtenfeldern ihrer Heimat. Er stand genau an dem Punkt, an dem sie aufgebrochen waren. Er stand über dem alten Stall zuhause, in dem nur der alte Lastesel der Hirten und ein dürrer Ochse untergebracht war, der zum Pflügen des kleinen Getreideackers schon fast nicht mehr zu brauchen war.

Der Hirte sah im Traum eine Frau und einen Mann und in der Futterkrippe des alten Stalles ein Kind. Von diesem Kind ging ein Leuchten aus, das selbst im Traum das Dunkel seines Herzens erleuchtete. Es war das göttliche Kind. Das spürte – nein, das wusste er in diesem Moment eines tieferen Sehens, das alle Wirklichkeit übersteigt.
Er spürte für einen Moment einen tiefen Schmerz. Aber es war der Schmerz der Erlösung und Befreiung. Jetzt wusste er, wo sein Ziel zu finden war und war ewig weit davon entfernt! Und doch fühlte er einen tiefen inneren Frieden.
Er erinnerte sich wieder an die Worte des alten weisen Mannes und all das, was er damals noch nicht verstanden hatte, fügte sich jetzt zusammen zu einem klaren Bild.
„Wo kommt Gott auf die Erde?", hatte er den Weisen damals gefragt.
„Gott kommt immer dort auf die Erde, wo Himmel und Erde sich berühren", hatte der Weise geantwortet.
„Himmel und Erde berühren sich in deinem Leben dort, wo Du mit einem offenen Herzen darauf wartest. Du musst dich aber aufmachen. Du musst aufbrechen aus deinem alten Leben. Du musst Wüste und Dunkelheit auf diesem Weg in Kauf nehmen. Du musst in Kauf nehmen, dass du nicht sofort eine Antwort finden und auch von anderen in Frage gestellt wirst. Aber du musst deinem Gott nur bis zu dir selbst entgegen gehen."

Der Hirte wusste nun, dass der Weg nicht umsonst gewesen war. Der lange Weg war der Weg, den er gebraucht hatte, um bei sich selber ankommen zu können. Und wenn das Kind jetzt auch Hunderte von Meilen entfernt war, es würde dort auf ihn warten.

Außerdem war es jetzt ganz nah bei ihm. Es lebte in seinem Herzen. Er weckte die beiden anderen Hirten und sie machten sich auf den Heimweg. Und der Stern, den sie hatten aufgehen sehen, er zog vor ihnen her und wies ihnen den Weg.

NACHWORT

„Und wäre Christus tausendmal
in Bethlehem geboren,
doch nicht in dir,
du wärst ewiglich verloren."

Angelus Silesius 1674

Es ist die wunderbarste und zauberhafteste Geschichte der Menschheit. Jedes Jahr vorgelesen, vielfältig vertont und in Szene gesetzt, rührt sie eine Ursehnsucht von uns Menschen tief in unserem Inneren an: Gott kommt ganz nah auf uns zu, wie es näher nicht mehr geht: Er wird einer von uns. Mit der Folge, dass die Welt die Welt nicht mehr versteht! Damals wie heute. Damals machen sich die Hirten, die Ärmsten der Armen, die ungeliebten Außenseiter der Gesellschaft auf der einen Seite und die gelehrten Sterndeuter, also die Gescheitesten der Gescheiten auf der anderen Seite, auf den Weg, um ein göttliches Kind zu suchen, das irgendwo auf die Welt gekommen sein soll. Übersetzt könnte man sagen: Eine ratlose Menschheit macht sich gemeinsam auf die Suche. Im Ersten Weltkrieg hat es die „Heilige Nacht" dann tatsächlich geschafft, dass feindliche Soldaten diese eine Nacht in den Schützengräben gemeinsam und friedlich miteinander gefeiert haben, bevor am nächsten

Tag die Gewehre wieder neu aufeinander gerichtet wurden. Eine ebenso berührende, aber auch fragwürdige, uns anfragende Begebenheit.
Gott wird Mensch in Jesus Christus. Nur einmal und doch bleibend für immer. Und vergeblich, würde diese Gottesgeburt und auch die Geburt unseres inneren Kindes nicht immer wieder neu in unserem Leben passieren: Tief in uns am Grund unseres Herzens, wo Gott schon da ist und auf uns wartet.

In unserer Geschichte beginnt und endet die Suche nach dem göttlichen Kind unter der Silhouette der Kampenwand. Möglicherweise ist es ja auch so gewesen! Irgendwo und gar nicht weit. Auf die Sehnsucht und auf die Suche kommt es letztlich an. Die Geburt des göttliches Kindes vollzieht sich neu in uns oder nirgends! Dafür lebe ich. Dafür stehe ich mit meinem Leben und meiner Arbeit ein. Der weiteste Weg auf unserer Erde ist manchmal der Weg vom Kopf zum Herzen. Machen wir uns auf den Weg!

AUTORENINFO

Hannelore Maurer wurde in Rosenheim geboren und arbeitet nach den ersten Berufsjahren in Stephanskirchen nun als Seelsorgerin im Pfarrhaus von St. Nikolaus wieder in Rosenheim. Mit den „Gedanken zum Leben“, einer Zusammenstellung von Impulsen zum Tag auf den lokalen Radiosendern, hat sie in den vergangenen Jahren bereits viele Hörer und Leser erreicht. Ihre persönlichen Arbeitsschwerpunkte liegen in der Trauerpastoral und in der Begleitung von Menschen an den Grenzen des Lebens. Kraft dafür findet sie in der Begegnung mit Gott und den Menschen und beim Unterwegssein in den Bergen.

Alraune stammt aus Nußdorf am Inn. Ihre Ausbildung erhielt sie an der Schnitzschule Berchtesgaden und an der Hochschule für Künste in Bremen.

Nach ihren Wanderjahren ließ sie sich mit ihrem Mann, dem Künstler Christian Huba in Aschau im Chiemgau nieder - dort gründeten sie das gemeinsame Atelier (www.artnativ.de) für Bildhauerei, Malerei und Grafik.